¡Hagamos una pijamada!

Norm Feuti

Para Jen —NF

Originally published in English as *Let's Have a Sleepover!*

ISBN 978-1-338-67004-2

10 9 8 7 6 5 4 3 2 20 21 22 23 24

Printed in China 62
First Spanish edition, 2020
Book design by Maria Mercado

Alistarse
¡Hurra! ¡Esta noche iré a una pijamada!

¡Estoy tan emocionado!
¡Debo empacar mis cosas!

Necesitaré mi almohada.
Necesitaré mi colchita.
Necesitaré mi cepillo de dientes.
Necesitaré mi libro.

Hum. No me cabe todo en la mochila. Tendré que dejar algunas cosas.

No necesitaré mi bola de jugar a los bolos.
No necesitaré mi raqueta de tenis.
No necesitaré mi pececito.

Lo siento, Simón. No puedes venir.
No te preocupes. No sentiré miedo aunque no estés conmigo.
Tengo espacio, pero parecería un tonto si te llevara.

Estoy muy viejo para ositos de peluche.

Está bien, Simón. Me convenciste.
Puedes ir conmigo.
Pero debes quedarte en la mochila.

Será nuestro secreto. ¡Vamos!

La tienda
de campaña

¡Hola, Erizo!
¡Hola, Enrique! ¿Estás listo para nuestra pijamada?
Sí. Estoy listo. Tengo todo lo que necesito.

¿Para qué es la tienda?
¡Es donde vamos a dormir!

¿No vamos a dormir en tu habitación?

No. ¡Aquí será más divertido!
¡Será como una acampada!

No sabía que dormiríamos en una tienda de campaña.
Era una sorpresa.

¿Y si llueve?
No te preocupes.
La marmota del tiempo dijo que **no** lloverá.
Ah.

¡Pero yo no traje mi bolsa de dormir!
¡No puedo dormir en la tienda sin ella!
No te preocupes.
Tengo **dos** bolsas de dormir.
Ah.

He pensado en todo.
Cierto. Has pensando en todo.

Y tú, ¿qué trajiste?
¡Muéstrame!

Eh.
Bueno, yo traje mi almohada.
Bien.

Traje mi colchita.
Traje mi cepillo de dientes y mi libro.
Y, este…

Eso es todo.
No traje nada más.
¿Estás seguro?
Veo un bulto ahí.
Esta mochila es así.
Enrique, ¿estás
escondiendo algo
en la mochila?

Quizás.
¿Por qué?
Temo que te vayas a reír.
No me voy a reír.
¿Prometes que no te vas a reír?
Lo prometo.

Es mi osito de peluche. No puedo dormir sin él.

Yo también tengo un
amiguito para dormir.
Se llama Lolo.

El mío se llama Simón.
Esta es su primera pijamada.
No te preocupes.
¡Nos divertiremos!
¡Entremos a la tienda!

¿Qué te pasa, Enrique?
No me siento bien.
¡Ay, no! ¿Podrás quedarte a dormir?
No lo sé.

¡Ay, no! Eh...
¡Olvidé el repelente para insectos!
¿En serio?
Sí. Quizás **no** pensé en todo.

No podemos dormir aquí sin repelente para insectos.
No. No podemos.
Tendremos que dormir en mi habitación.
Está bien. No me importa.

Ahora me siento mejor.
Qué bien.

Gracias, Erizo.
¿Por qué?
Por ser tan buen amigo.
De nada, Enrique.

Las escondidas
¡Qué buena idea, Erizo! ¡Armaste la tienda dentro de la casa!
Soy muy listo.

Y ahora, ¿vamos a dormir?

De ninguna manera. Dormir es **lo último** que se hace en una pijamada.

Ah.
¿Qué será lo **primero** que haremos?
¡Jugaremos a las escondidas!

¡Soy bueno jugando a las escondidas!
Escóndete tú primero.
¡Está bien! ¡Cierra los ojos y cuenta hasta diez!

Uno... dos... tres...
cuatro... cinco... seis...
siete... ocho... nueve...
¡diez!

Listo o no, ¡allá voy!

Enrique, ¿te escondiste en la tienda?

¿Cómo lo supiste?

ZZZZZ
ZZZZZ

Sobre el autor

Norm Feuti vive en Massachusetts con su familia, un perro, dos gatos y un conejillo de Indias. Es el creador de las tiras cómicas **Retail** y **Gil**. También es el autor e ilustrador de la novela gráfica **The King of Kazoo. ¡Hola, Erizo!** es su primera serie para lectores principiantes.

¡TÚ PUEDES DIBUJAR A ENRIQUE!

1. Dibuja una papa.

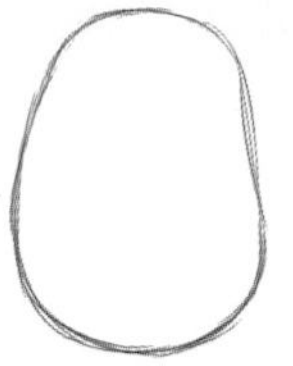

2. Dibuja las orejas, el pelo y la boca.

3. Añade las patas, los pies y el rabo.

4. Dibuja un brazo y una mano.

5. Añade los ojos, las cejas, la barbilla y la letra "T" para la nariz.

6. ¡Colorea tu dibujo!

¡CUENTA TU PROPIO CUENTO!

Enrique va a una pijamada en casa de Erizo.
Imagina que Erizo te invita a **ti** también.
¿Qué llevarías a la pijamada?
¿Qué juegos te gustaría jugar?
¡Escribe y dibuja tu cuento!

scholastic.com/acorn